KB159944

꽃잎은 바람에 흔들리고

하나로 선
–사상과 문학 시인선–

꽃잎은 바람에 흔들리고

초판1쇄발행 2021년 4월 26일

지 은 이 류용하
펴 낸 이 박영률
펴 낸 곳 하나로 선 사상과 문학사
인쇄기획 엔 크

출판등록 제2012-000301호
주 소 서울시 마포구 토정로198 영풍@ 101동 상가 204호
전 화 02) 326-3627
팩 스 02) 717-4536

메일주소 holyhill091@hanmail.net

I S B N 979-11-88374-29-8 03810
정 가 10,000원

꽃잎은 바람에 흔들리고

| 류용하 제 2 시집 |

하나로선
사상과문학사

시인의 말

누구에게나 생과 삶은 존재하고 그 굴레를 벗어 날 수 없다. 생과 삶의 여정은 짧기도 하고 길어지기도 한다. 봄이 오면 만물이 소생하고, 꽃이 피고, 새가 노래하여 세상천지에 생기와 활력을 불어 넣고 계절마다 뜀박질과 춤사위는 그 숨결을 달리 한다. 그럼에 그들을 표현하는 시인의 목소리도 숨 쉬고 잠들고 깨어나 세상 만물에 젖어든다.

사람들은 누구나 보다 나은 삶의 여정을 꿈꾼다. 그 꿈에 시인은 싯귀로써 그들에 답하고 그들을 벗 한다. 때론 삶의 여백을 채우고 때론 비우며 생을 찬미한다. 산천도 초목도 그 속에 깃든 온갖 생명들도 다 함께 어울려 꽃피우고 포옹하고 이 세상을 아름답게 엮으며 우리의 생에 보람이 깃들기를 염원하여 글 속으로 이끌어 키워나간다.

남은 세월은 사람마다 다르다. 다른 만큼의 세월을 노래하고 여백을 채우고 비우는 것도 시인의 몫이다.

언제나 세월의 아름다움을 살들이 엮어 내고 생사고락의 굴레를 승화하여 뜻깊은 삶의 여정이 되도록 표현하고 더욱 많이 드러내 보이기를 기대하며 높은 산과 깊은 골짜기 강가를 벗하여 끝없이 달려 나아가며, 서문을 써주신 존경하는 박영률 박사님께 감사를 드린다.

2021년 새봄
망원 한강변 반곡재에서

서 문
농축된 언어의 예술
- 꽃잎은 바람에 흔들리고 -

박 영 률 박사
(교육학/철학)박사 · 시인

시는 언어의 예술로서 가장 농축(압축)된 표현이며 삶의 여정이다. 시는 시인의 꿈이요 생명으로 시인의 정서 속에서 꿈틀거린다. 우리 모두가 아는 대로 시는 인문학이 중심이요 핵이라고 할 수 있다. 인문학은 문학예술, 역사, 철학을 포함한다. 문화(문학)예술은 인류의 문화, 예술, 인물과 문물을 서정적으로 형상화한 고도의 예술이다. 그 중심으로 그리움이 자리하며 인간은 정도의 차이는 있으나 자신이 태어난 고향에 대한 그리움, 그리고 부모형제, 일가친척, 친구, 선후배에 대한 그리움이 추억 속에 자리한다. 그 중에 어머니의 크고 넓은 사랑에 대한 그리움이 으뜸이라 하겠다. 또한 이성에 대한 추억과 그리움이 있게 마련이다.

류용하 시인은 경북 영주 출생으로 소백산 자락에 흐르는 서천에 대한 어렸을 때의 여러 추억들이 그리움으로 표출된 "서천에 흐르는 소백산"이란 첫 번째 시집에서 고향 산천과 얽힌 부모 형제 친구들에 대한 추억을 노래하였으며, "꽃잎은 바람에 흔들리고"라는 제2시집을 세상에 내 놓으며 70이 넘은 연륜에 그동안 그의 삶이 농축된 여러 편의 시를 발표한 시인이다. 그 제목 자체가 "꽃샘바람"을 연상케 하고 있다. 짧지 않은 세월 속에 또한 공직에서 중요한 직책을 거치면서 꽃도 피우고 때로는 비바람 속에 참고 견디어 온 삶의 여정을 자연 속에 녹이며 형상화한 시를 쓰고 있음을 보게 된다.

살아오면서 희로애락을 체득하면서 아름다운 꽃을 시샘하여 바람이 불고 그 바람 때문에 꽃잎이 흔들리고 땅에 떨어져 오고 가는 사람들이나 뭍 짐승들의 발에 밟히면서도 소리 냄이 없이 밟히면서 흐느끼고 통곡하는 속울음이 보이고 느껴지기도 한다. 시인의 삶의 여정을 시속에 녹이고 있는 것이다. 필자에게 있어서 "시는 참을 수 없는 기침이며 토해내는 각혈"이라는 나름대로 정의한 적이 있었다면 류용하 시인은 "꽃잎은 바람에 흔들리고" 라는 제목 속에 그의 삶의 여정이 축소되어 있음을 보게 된다. 어쩌면 류시인은 시를 쓰면서 시에 대한 애착으로 여러 고비를 넘기면서 살아가고 있는 시인이 아닌가 싶다.

바람도 잔잔한 봄바람이 있는가 하면 후덥지근한 여름바람, 시원한 가을바람, 살을 에는듯한 매서운 겨울바람이 있는가 하면 때로는 폭풍이 몰아치고 해일을 일으키는 무서운 바람이 있다. 사람에 따라 질병의 바람, 경제적인 바람, 인간관계에서 오는 고통의 바람이 있는가 하면 일평생 잔잔한 봄바람 같은 삶을 사는 경우도 있다.

꽃도 화려한 꽃이 있는가 하면 소박한 꽃, 아담한 꽃이 그 향기 또한 바람 따라 이리 저리 풍기는 것처럼 류시인의 시속에 소박하게 그리움의 향기가 풍겨나고 있다. 특히 고향에 대한 그리움이 여러 추억 속에 묻어나고 있어서 독자들에게 공감을 준다고 할 것이다. 류시인의 시집 출간을 축하드리며 더욱 정진하여 건필 하시길 바라는 바이다.

차 례

2부 삶의 여정 2

3부 삶의 여정 3

4부 삶의 여정 4

연두 시

1부

삶의 여정 1

봄맞이

비가 내린다 죽죽 내린다
세상이 잠든 사이 소리내며
산천초목을 적신다
신춘의 새싹을 재촉하며
목마르던 대지에 젖줄 같이
흘러든다

아픔이 있었든가 봄이 오는
소리가 들리 듯 하더니만
아직은 아니었는데
이제 확실하게 바탕을 이루고
봄맞이 채비에 분주하겠지

우리는 무엇을 얻을까
구름 속에 친구 되어
회오리바람처럼 빗줄기가
꿈꾸던 환상을 따라
이 밤 삼경에 어디메로 달려갈까

그래도 인생의 늘그막에 얻는 것
잃어버린 것

추슬러 봄비 속에 헹구어
말끔하게 차려입고
얻지 못한 그 꿈들의 마지막을 짊어지고
나도 봄비 되어 새 생명 깨우며
봄비 속으로 빠져든다.

새봄

아직 강물도 얼음 밑에서
출렁이고
바람은 세차게
귓불을 붉게 물들이지만

양지 바른 언덕 아래에는
영글어 가는 새싹이 꿈틀거리고
우리네 소매 끝에도
따사한 기운이 배일 제

못다 한 사명을
가슴 속 깊이 안은 채
떠난 님 기다리는 그대는
쉬이 자리를 잡지 못하고

한없는 저 하늘 끝
애써 보듬어 보는
그리움
새봄의 정수리에 올라 앉아
끝없이 그려보네.

봄비

조출한 봄비
새움을 재촉하며 대지를
적신다

가슴에 웅크린 고단한
일상일랑 잊어버리라
속삭이면서

내안에 모여든
그 들끓던 용광로 같던 웅지도
모두 내려놓으라면서

고요히 묵상에 잠겨
내일의 또 다른 생의 환희를
꿈꾸며

이 순간 멈추지
말라며
조출한 봄비는 내리고 또 내린다.

바람이 일고

6월 한낮의 이글거리든
저 태양
붉디붉은 놀되어 서산으로
사라지고

어느 샌가 달빛이 창가에
걸릴 때
물결 위에 스쳐 지나간 하얀 바람
마음과 마음을 파고들고

저만치 두고 온 청춘 보따리 채
던져 버리고
무엇을 그리워하는 가
비우지 못해 아직도 두드리는 가
미련을

아둔한 인생이라 서글퍼
질 때면
그래도 정성껏 불꽃 같이 혼신을 다해
보듬어 왔음을
물어봄이 어떠할까 저 바람에게.

대지의 젖줄

하루가 열린다 오른다 새벽이
그 틈새로
새 봄의 단비가 대지를 적신다
만물이 깨어나게

인생의 젖줄은 무엇인가
알아야 하는 것이 아닌 가
얼마나 알았든가 새봄의 빗줄기
처럼

부대껴 살아온 날들에 거름이
되었었나
세상의 이치 파고 들었나 얼마나
깊이

그래서 잡았었나 대지의 젖줄을
잡은 것만큼 보듬어 안고
세상 풍파 부딪치고 이겨내 왔나
천지를 감싸는 젖줄 봄비처럼.

폭염

폭염에 달구어진 대지는 밤이 되었건만
식을 줄 모르고
만물은 더위 속에 시달리고
오늘의 답답함을 헤아릴 수 없다

한강변 강바람도 예전 같이 시원한
맛이 없고
낮이면 작열하는 태양 아래 둘 수가
없다

아무리 염천이라 해도 날이 바뀌면
지나가기 마련이고
우리는 또 다른 추위에 몸을 맡겨야
한다

누군가 얘기 했듯이 인간은 가장 약한
동물이고
또 갈대라고 했다

가장 명석한 두뇌를 문명 이기에 매달아
두고

오늘 하루 버텨내기에 안간 힘을 다 쓴다

어설픈 밤 노래랑 접고 자연의 섭리에
얹혀서
밤늦게 까지 울어대는 저 매미의
잔등에 올라 유람이나 함이 어떠리.

폭우

뜨거운 태양 하늘과 대지를 달구고
곱게 피든 백일홍도 고개 숙이고
저녁나절 어스름이 내려앉아도
그 기세는 꺽이지 않더니

어느 날 강바람 드세게 불고
먹장구름 하늘을 가릴 제
한두 방울 빗방울 어느새 거센
폭우로 천지를 두드리고

이래저래 연약한 우리네 삶은
또 한 번 소용돌이 치고
황토 물결 산천과 인간의 보금자리
휘감을 제

그간의 업보 탓인가 되뇌면서
자연의 섭리에 헛되이 버티는
오늘의 뭇 군상들
언제나 변함없는 세상의 올바른 이치
깨닫게 하며 폭우는 휘 몰아친다.

빗줄기

먹구름 몰려와 온통 비바람
몰아치고
마음속 스며들은 온갖 상념들
시원하게 훑어 내리니

비워지는 그 자리엔 무엇으로
채울 건가
미운 마음 고운 마음
수없는 갈등 씻어버리니

더욱 못다 이룬 사람의 도리
그것이 자리 틀고
두 다리 뻗쳐 받쳐 들고
온 동네 소리 내어 찾아보네

남은 날들 헤임 없이 이승에서
해야 하고 할 수 있는 일
마음 가는데 까지 부지런히 쫓아
하염없는 빗줄기 마냥 그칠 줄 모른다.

8월이 가면

장마 같은 폭우가 연일 이어지더니
어느덧 8월의 그믐날이 되었고
아직은 한낮의 햇살은 이글거리고

날씨와 기후는 세월의 변천에 따라
짐작이 어렵게 하지만 태양계의
커다란 변화가 없다면 어김없이
계절은 바뀌고 시원하고 결실에 찬
가을이 올 것이니

더위에 지친 심신을 달래며 우리들은
8월을 보내며 삶의 고삐를 더욱
세차게 잡아 올려야 하지 않는 가

잠을 잊은 채 목청껏 울어대던 매미도
7년의 긴 동면에 들어가고
아침저녁 찬이슬이 맺힐 때면
온갖 이름의 풀벌레가 세상을 차지하고

염천과 폭우를 이겨낸 열매들은 9월의
황금시기를 행여 놓칠까봐 더욱

열심히 갈고 닦겠지

소슬바람이 옷깃을 스칠 때 우리는
세상이 주는 귀한 인내와 고난을
뿌리치는 힘을 비축하며
괜스레 바빠지는
이내 마음 가이없이 보듬으며
뜨겁게 사라지는 8월을 보낸다.

구름 속에 저녁놀

간간히 구름이 드리우고
그 사이로
저녁놀이 붉게 물들고
원근에 둘러친 산허리를
휘감고 있는
빌딩숲

점차 어둠이 짙게 내려앉고
가로등 하나 둘 켜지는
이 초저녁
천상의 노래 소리는 고단한 삶에
길들려져 살아가는 사람들의
마음에 깊이 자리하고

더 밝은 아침의 환희를 꿈꾸고
가냘픈 연명의 허탈함도 떨쳐
버리고
뭉쳐든 한 아름 숙제도
소슬바람 흐르는 그 속으로 보내
버리네.

소슬바람

바람이 저녁을 꿰뚫고 산허리
감돌며 속삭일 제
선선함이 묻어나는 싱그러운
추억에 젖어드는 온 몸에
매달리고

소리도 자태도 없이 내 곁에
머물며
잊혀 진 옛 기억을 더듬게 하는 가
하늘을 찌르듯 한 호연지기
지금은 추억 속에 머물고 있지 않는 가

저 멀리 두고 온 정감이 하늘에
이르는 그날
두 주먹엔 힘이 넘쳤고
가을이 왔음이
하늘가의 풀벌레 노래에 묻어나고

그날 못 거둔 그 열매 다시 익기를
기다리는 그 마음속에 잊혀 진 사랑이
엮어지는 늙어진 뿌리 속에

소슬바람 이 추절의 자락을 잡고
그리워하며 울고 있지는 않을 런지.

가을이 깊어지면

벌써 아침저녁 서늘한 기운이 감도는
그런 날이 되었습니다
그 뜨겁던 여름날도 지난 얘기가 되었습니다

무엇을 생각하고 무엇을 해야 할지 다시
뒤 돌아 보기 좋은 날들입니다
나날이 변하는 세월은 마냥 기다려 주지
않습니다

수천수만 무수한 날들을 살아 왔지만
어떻게 살았는지 잘 기억도 나지 않습니다
그냥 닥치는 대로 살았는지 계획한 대로
살았는지

그러나 대충 살지는 않았는 것 같아 때론
안도하기도 또 후회하기도 합니다
기쁨도 슬픔도 미움도 원망도 그리움도
세월 따라 지나 갑니다

조용히 풀잎에 내려앉는 밤이슬도
그 이슬에 온몸을 적시며 목청을 돋우는

풀벌레와 친구 되어 지난 삶의 족적을
더듬습니다

지나간 자리 아무리 더듬어도 다시 돌이킬
수 없습니다
깊어지는 가을 따라 찬이슬 맺히는 이 순간
순간마다 최선을 다하는 것입니다

앞도 뒤도 옆도 위도 아래도 바라보며
도리와 순리가 다하도록 그런 삶 날들을
보내야 합니다

그럼에야 주어진 세월 모두 다 쓰고 인생
황혼에 덜 쓸쓸하고 덜 외롭고
많이 후회스럽지 않습니다
한가위 둥근달을 벗 삼아 인생을 노래합니다.

가을비

추적추적 비가 내린다 가을의 막바지
겨울을 알리는 날 누구를 찾아가는지
저 땅 끝 언덕바지에 매어둔 바람의
자락을 못 잊어 그날의 운명을 더듬는지

내안 깊숙이 도사리고 있는 너의 그 뜨거운
숨결은 지금도 열화같이 피어오르고
못 다한 너의 숙제를 또 펼쳐들고
어둠을 타고 내리는 빗줄기를
감싸 안으며

햇살 밝은 날 꽁무니 빼며 잽싸게 도망치는
허영을 남길지라도 지금은 차가와 지는
대지위에 그 이름과 족적을 남긴다
아는 자는 알고 모르는 자는 모를지라도

구불구불 빗물은 내를 이루고 더 넓은
강으로 흘러들어 삶의 젖줄이 되고
사람과 만물의 생명의 원천이니
다시 사랑의 포옹으로 이 밤늦은
가을비를 끝없이 길게 길게 기린다.

파란 하늘가

하늘이 파랗다 온통 짙푸르다
그 하늘가엔 무엇이 달렸을까
파란 이슬일까 파란 눈물일까
그 옛날 던져 버린 사랑과 정일까

정은 한 묶음 허리에 차고 다닐 때는
그 무게를 잘 느끼지 못 한다
사랑도 그렇다
그러나 우연히 벗어 던지거나 할 때는
그리움에 젖고 울게 된다

땅거미가 지고 어둠이 대지를
움켜질 때
사람들은 스스로 무력함을 느낀다
그럴 때 사랑과 정의 보따리를 풀고
삶의 의미를 색다르게 생각하여보라

파란하늘가의 청명한 진의가 떠오를
것이니
오늘도 하루가 간다 사람의 참된 모습을
찾아서.

11월이 오면

오늘도 서편의 하늘가엔 청명한 창공을
붉디붉게 채우며
저무는 가을의 화폭을 수놓는 햇살
불타는 저녁놀이 서산을 물들이며
그렇게 10월이 가고

10월엔 무언가 이루어야 하겠다는
마음이 앞섰던 가
뒤돌아보면 아쉬움이 더 많음을 어쩌리
그래도 한 가지 목표는 이루고
그에 따라 정진하고 있음이 다행이랄까

낙엽이 뒹구는 그런 시절 따라 겨울의
서막인 11월이 옴은 자연의 섭리 일진데
마냥 즐겁지 만은 않은 것은 왜일까

그 옛날 몇 십 년 전 잠시 옷깃을 스친
여인네의 향기 탓인가
아니면 거창한 자아발전이 때를 놓쳐
유명무실해 졌음에 한탄인가

머잖아 기러기 떼 울음소리에 영혼을 묻으며
쇠 소리 바람 몰아치는 소용돌이 속에
심신을 단련하며 절절한 사연을 허공에 띄워 보내
환상의 하모니를 만들어 볼거나

움츠린 온몸 활짝 펼치며 오는 11월엔
눈 내리는 저녁 어깨에 어깨를 맞대고
삭풍에도 꿋꿋이 맞서는 기개를 가져 봄은
어떠한지.

겨울새

밤바람 찬 그날 어둠에 힘들어 한
한 마리 겨울새
저 멀리 두고 온 옛적의 보금자리
아직 뇌리에 생생한데
저 아래 들리는 세상의 수많은
잡다한 사연들에

갈길 조차 찾지 못하고
그래도
새로이 정 들어가는 그곳의 타성에
젖어
아픔도 슬픔도 잊어버리고

이제라도 깨어날 그들의
이성을 애타게 기다리는
안타까움에 젖을 때 곁을 지키는
동료의 힘찬 날개 짓에
위로와 힘을 얻어 세차게 날아오르고

새 아침 밝아오면 뜨겁게
비칠

또 다른 환상을 품으면서
길고도 긴 마디마디에
메아리치며 찾아오는 드넓고 거센
저 물결
그들의 발아래 두네.

2부

삶의 여정 2

첫눈

희뿌연 하늘이 첫눈을 뿌린다
바람도 찹다
그 바람 삼라만상의 가슴을
안고 고뇌와 번뇌 참됨을 업고
세상의 굴레에 뻗히고 있다

언제나 그랬다 처음이 좋아야 한다고
올해도 저 새하얀 눈송이처럼
모든 게
순백의 고귀한 넋들을 품고
너와 나의 가슴속에
동아리 쳤으면 좋겠다

우리는 잊은 지 오래일지도 모른다
너를 향한 나의 기원과 애닮은 정성이
있었음을 나 또한 잊고 사는지 모른다
많은 사람이 외친다
이제는 거꾸로의
세상이 없이 오늘의 일상이 편안함을

그래 그래 그럴거다 저 첫눈의 해맑고

둥근 얼굴을 보라 산천초목이 고난을
뚫고 이 동절의 계절을 이겨낼 때
웅크린 만물에 희고 노랗고 파랗고
붉은 갖가지 꽃이 피고 향기를
뿌리리라
그리고 뿌리를 굳게 내려 그곳에 닿으리라.

11월이 가면

나목이 바람을 잡고 길을 묻는다
내안의 뜨거운 사랑과 연민을
보았는가 라고
내게서 정열과 아픔을 함께한
그대는
나를 생각하고 보고 있는가

엉클어진 타래를 풀려고
11월은 그렇게
몸부림 쳤든가
서로의 마음을 움켜잡고 못다 나눈
사랑을
머물었던 그 자리에 흩뿌린 것인가

믿었던 사람 등에 업고 내일의 포근한
날들을 기대하고 기다리며
한해
끝자락의 매듭을 풀면서 좋은 인연
죽도록 사랑을 기약하고

보고 싶어 울먹이며 찾아 헤매는

그런

날들은 저 멀리 쫓아버리고

오붓이 서로를 보듬는 우리들의 사랑을

꿈꾸고 물음을 던지며 11월은

그렇게 가누나

새로움이 움틈을 남기고 저 피안으로.

밤바람

바람 차디 차가운 바람 위로 누군가
걸어간다
하늘을 향해 소리치며 애닯은
칼 목소리를
바람의 자락에 묶어 보낸다

엉켜진 청춘 이었던가 풀 수 없는
매듭 이었던가
가슴 한구석 응어리진 덩어리
풀어내려
몇 밤을 지새웠던 가

그대도 나도 먼저 간 이도 나중에 올 이도
이 바람 안고 고뇌의
어설픈 추억을
더듬을 것이니

찬바람 서슬 위로 우리네
청춘은 간다
붙들어 맬 자국도 없다
그래도 또다시 매달려 본다.

까만 밤 새하얀 돌덩이

마른 가지 가랑잎에
소리 없이 서리가 내려앉고
밤을 잊고 굴러온 새하얀 돌덩이는
첫정을 이기지 못해
뜨거운 가슴을 풀어 헤칠 제

수많은 고뇌의 순간들을
고이 접어
잘 다듬고 묶여진
보따리 속에 깊숙이 감추어
놓고

묻지도 않는 그날의 서러움을
토해내는 나목들의 깊은
숨소리는
아픔도 사랑도 산비탈 틈새 돌에
얹은 채
까만 응어리만을 굴려 보내네.

푸르름은 바람을 타고

언제부터 인가 바람에 날려 온
하늘가엔
짙푸른 푸르름이
자리하고

그네의 등을 부여잡은
세월은 끊이지 않는 노래 속에
삶의 파노라마를
엮을 때

우리의 정인은 못 다한 염원을
버리지 못하고
그칠 줄 모르는 몸부림 속에
그를 던져버린다.

아침 햇살

햇살은 살과 빛과 광택이 어울려
세상천지 만물에 비치우고
스며든다
특히나 6월의 햇살은 곱기도
하지만 핏빛을 떠 올린다

이 아침 묵상에 잠겨 숱하게
흘러간 알거나 알지도 못하는
숙명적인 이야기에
침잠해 가슴을 쪼이어본다

70년 전에도 햇살은 이 아침과
다름없었을 진데
엄마 젖에 목숨을 걸고
세상의 흐름에 온몸을 맡기고
근근이 생명을 이어오고
오늘의 우리들을 탄생시켰다

세월에 따라 급변하는 세태는
아침의 고뇌마저 힘들게
하는지 모른다

변화의 주역은 바뀌지만 만고의
진리는 변함없다
우리 모두 조용한 심호흡 속에
오늘의 세월이 더 아름답고 정의롭기를
기대해 보아야 하지 않겠나.

저녁어스름

한여름 저녁 해 서산마루 넘어가고
마당에 깔린 멍석
한 귀퉁이 암반에 홍두깨
어머니 손이 분주하고

암반 옆에 붙어 기다리는 아이들
참고 참아 얻어진 국수꼬리
부엌아궁이 고소하게 구워주네
호박 썰어 국수물 내는 할머니
손맛이 살아 더욱 맛깔나고

허약한 손주는 마당 한편에서
웅크릴 제 애처로워 둘러업은
아버지 등 어리는 넓고 넓어
배앓이 잦은 그 녀석 코 박고
이 저녁
쌕쌕이며 아픔을 치유 하네

모기 불 연기에 눈은 따가워도
모기 쫓아 가려움을 잊으니
아래채 지붕 위 박꽃이 고운 자태

미소 한껏 뽐내고 한더위 식히는
저녁바람에 온 식구가
또 하루의 고단함을 씻어 버리네.

그대 가슴속에

이 저녁
흐트러진 밤바람을 추스르며
늘
그리고 언제나 그리던 그 모퉁이
내 모든 정을 담아
향하는 그 발길 발길을 따라

이 밤
그 모든 잊을 수 없는 그리움의
바람을 모아
주체 못할 번민의 고뇌를
그대 따뜻한 가슴 속에
고이 간직하고자

한 낮의
그 거센 바람을 흩날려 보내며
이 자리 그 걸음 멈춘 곳
언제나 그리던 그 향내 이제야
마음껏
한없이 들이키노라

서산에 걸린
밤의 여울이
새로운 여명에 쫓기 울 때
나는
그대의 한없이 깊은 정념 속에서
마냥 기쁨의 나락을 잡고 있으리.

숨소리

바람이 불어 올 때
숨겨진
뜨거운 숨소리를
들었는가

그 숨소리는
어떠하였는가
그대 가슴에 머리에
와 닿았는가

너도 나도
모르는 새
그 바람은 스쳐
지나가지 않았는가

우리는 알 듯 모를 듯
그런 바람을
잡지 못하니
슬플 뿐이고

그러나
바람은 언제나
있는 것이니
잡고 또 잡을 수밖에.

인연의 자락

인연은
언제 어디서나 있는 것
허나
그 모습은
제 각각 일 것이고

까만 밤 비추는
별 그림자
휘감는
달빛 그늘
그 자락에도 있는 것이고

그러한
인연의 끈을 부여잡고
이 밤도
속절없이
저물어 가누나니

헛되거나 참되거나
쓸어안고
너 내 다름없이

함께 감이
애틋한 지고.

멍에

스산한 밤바람이 회오리쳐
스쳐간 이 저녁
저 먼 세상의 끝자락엔
언제나 우리를 기다리는
멍에가 출렁대고
짊어지지도 벗어 버릴 수도
없을 진데

그래도 우린 뛰고 달리고 날고
그 자리에 그렇고 그런
카테고리를 만들었고
지친 삶에서는 굴할 줄 모르는
기개세의 용맹을 떨치었고
맡은 소임에는
그 누구도 따를 수 없는 끈질긴
인고의 모습을 보이고 가다듬었고

허나
이제 그 모든 쓰고 달음에서
스스로를 내리고
미처 살피지 못하고 돌아보지 않은

원근의 허다한 지기들
품고 함께함이 당연 하거늘
미필한 이내 중생은
늘 그곳에서 맴도니
뜨겁고 아픈 마음만 가득할 뿐이네.

정직 그토록 어려운 가

나뭇가지 사이로 바람이 스친다
스치는 바람의 크기만큼
나뭇가지는 울어 제친다

그만큼 바람의 세기에 나뭇가지는
정직하다
세상은 둥글고 둥근 만큼 바로 설 수도
있고
넘어 질 수도 있다

그런 저런 사유에 따라 다른 것이다
사유는 다르더라도 정직은
하나일 것이다

지금도 허공 산허리 들판 골목길
어디서든 바람은 불고
그 바람을 맞고 있다
과연 나뭇가지 마냥 정직한
소리를 내고 있을까

그러니 오늘도 온갖 가지각색의
소리들이 부딪치고
아우성치고
그토록 시끄러운지 모른다.

밤새

엊저녁
섬돌에 하얀 그늘
내릴 제

밤새의 애끓는
절규가
아스라이 번지고

못 다한
그네의 상념은
아직도 생생한데

언제나
차가와 질
애틋한 그리움이

애잔한 그 바람
휘어지는 나목에
내려앉고

또 다른
잡힐 듯 잡히지 않는
가만 허공

멈추지 않는
나래는
흔들리고 흔들리네.

산성 자락

봄비 스치고 지나간
행주
산성 자락
창릉천 한강 여울목에는
한가히 어스름이 내려앉고

먹이 찾는 오리 떼
길게 늘인 목 두리번거리는
황새
그 울음들에 구름 사이
저녁놀이 정겨운데

산하를 지키며 분투하든
선조들의 장렬한
넋들이
서리어진 산상에는
정기와 기백이 충만하고

아스라이 깔리는 어둠속에
신선한 강 내음 같은
삶의 참맛을 찾는

이날이 덧없지 않으리라
강바람에 물어 보네.

수유 시장

사람과 시장 속에 무수히
널려진 좌판들
새벽부터 분주한 골목길
꽉꽉 채워진 가게 속으로
하루의 희망이
스며든다

산위에서 재잘거리든 산채도
들판과 하늘에서 자유롭던
먹거리들
강물과 바다에서 제멋대로이든
수많은 물고기들

번개 속에서도 살아남고
천둥 속에서도 놀라지 않고
생명의 근원이 되어
구만리 구천의 넋이 되어도
자랑스런 그 삶에 아픔을
이겨 낸다

바람이 분다
먼지도 쌓인다
차오르는 오늘의 정성들이
구석마다 또아리 틀고
떠들썩하든 시끄러움도
잦아드는 어둠속으로
빨려들어 사라진다.

창공은 넓고 대지도 넓고

가을바람 한차례 휩쓸고 지나간
대지 그 위로
세상살이 만들어 내며
세월도 휩쓸려 간다

구름이 높은가 싶더니만
하늘은 찌부러지고
가을별도
어딘가 숨어버린다

만난을 무릅쓰고 쫓아온
세월도
이젠 저 만치서 뒷짐 지고
구경꾼이 되어 있고

그래도 충실했던 자기를
저 창공에 띄우며
많은 이들이 속삭인다
세월아 함께 가자고

강물에 뛰어 오르는 저 잉어는
힘이 넘치고
아직도 있는 힘자랑에 내 팔뚝을
내밀어 보는 즐거움에 젖으며
넓고 넓은 창공을 대지를 달려간다.

3부

삶의 여정 3

붉은 저녁나절

찬바람 일어 더욱 모질게 파란
저녁나절
태양은 더욱 붉게 서산 허리에
감기고

한 자락 휘어지는 삶의 굴레를
못내 아쉬워하는
뭇 군상들도
밀려오는 어둠에 익숙해지고

마지막 남은 낙엽은 무엇을
그리는지 아직도
굳세게 가지 끝에
매달리고

눈보라 몰아치는 그날을
베게하고
뜨겁고도 싸늘한 밤바다에
종아리 젖을라 끝없이 달린다.

이슬

황혼이 내려앉은 골짜기
하루의 힘들고 즐겁던 시간도
어둠에 묻혀
고단한 삶도 보람된 삶도
모두 포용하며 하루를 마감 한다

바람이 일어 살포시 내려앉은
물방울
풀잎에도 나뭇잎에도 꽃잎에도
알알이 맺혀 그날의 모든 기억을
이야기 한다

그리운 사람이 있었던 가
보고 싶은 그님이 남았던 가
아직도 나눠줄 사랑도 여유도
가득하건만
이슬방울 속에 갇혀 있으니

아침의 햇살에 달아나기 전
이 새벽에 그 뚜껑 열어
가깝고 먼 곳에 후회 없이 내 마음 전해

유쾌한 삶이 전신을 감싸
행복에 갇히도록
온 정성을 다해 띄워 보내본다.

연등

하늘은 열리며 숱한 사연을
뿌리고
중생은 사연의 굴레 속에서
나날이 세월과 뒹굴고

희로애락의 번뇌 속에
신음을 보듬으시는
부처님은
오늘도 만물에 속속들이
자리하고

병든 몸 아픈 마음 구제를
기리는 미물은
한 송이 연꽃에 기대어
한등 한등 불빛을 떠받들고

극락과 지옥의 어지러운
이승과 저승의 갈림길에
서서
못다 한 속세의 자비를
높다랗게
연등 그 속 깊숙히 실어본다.

당산철교

휘청이었던가 다리가
멋있는 아취 철골조의 이쁨이
한강의 멋을 뽐냈네
어찌 알았으리 속의 부실함이
끝내는 새로운 믿음의 철교로 바뀔
줄이야

지금도 수많은 애환을 싣고
달리는 전동차
그들을 철교는 굳세게 실어 나른다
다리건너 무엇을 찾고 무엇을 얻고
저마다 희로애락의 사연들을
열차에 실은 채

덜 아프고 덜 괴롭고
더 즐겁고 더 희망찬 사연들이
가득하기를 그리면서
힘든 어버이 어찌할까
고단한 자식들 어이 보듬을까
강물 속에 띄워 보내 근심을 덜을까

따사한 봄볕에 철마의
잔등이는 더욱 빛난다
이 빛이
강물에 강 언덕에 시장바닥에
골고루 비추어
환희와 뜨거운 감동의 날들이기를
철교는
언제나 기다린다.

산비탈

그해 여름도 역시 무덥고 습했다
방과 후 일상인 소 풀 뜯어 먹도록
산비탈을 오른다
오를 땐 힘들어도 오르고 나면
풀이 지천이다
원추리 새강 이름도 잘 모르는 산 풀이다

소야 멀리 가지 말라고 머리를 쓰다듬으며
기원하고
단어장을 펼친다

정신을 쏟는 사이 해가 뉘엿뉘엿 지고 있었다
아차 싶어 능선을 바라보아도
소가 보이지 않는다
당황스럽지만 골짜기가 잘 보이는 곳에
오르니
다음 골짜기에서 아직도 열심히
풀을 뜯고 있었다

소는 마음껏 풀을 뜯었는지
내가 가니 반가운 기색이 드러났다

또 비탈길을 내려 온다
이 길은 올가을 갈비 끌러 또 오를 것이다

군데군데 소나무가 있고 풀도 많아
겨울을 나기위한 갈비 채취는
어렵지 않겠다
한 짐 가득 짊어진 지게가 비탈에
닫지 않게
조심스레 내려 온다 공부하고 소꼴 베며
살아온 그때가 그립다.

기다림

바람이 일어 창밖에 어른거릴 제
행여 님의 그림자인가
두 눈이 반짝 거리고

댓돌위에 빗방울 소리
님이 오는 발자국 소리 인가
귀 굴리는 저녁

섬섬옥수 마다않고 골라 골라
차린 저녁 행여 식을라
두 손으로 받쳐 들고 고요히 기다리지만

들리지 않는 님의 숨결 못내 이내 마음
애잔한 물결 따라
그리움 가득안고 떠나보내네.

연륜

세월은 쏜 살 같다고 하였던가
바람에 쓸려가는 낙엽 같이
떠난 뒤엔 돌이킬 수 없다

연륜은 쌓이는 것이지만 그만큼
인생은 덧없어 질지도 모른다
무엇을 하였던 가
보여주고 남길 것이 많았는지

자신만이 걸어오고 스스로가
알 것이다
허나 슬퍼할 일은 아니지 않는 가
대다수가 그렇고 그런 것이니

이순을 넘어 종심소욕에 이르렀지만
아직은 남은여생이 있다
연륜에 얽매임 없이 오늘이 무탈하고
내일이 편안함에 안도 하여야 할
것이니.

신발을 따라

밤이었던 가 아련한 어둠속에
신발이 움직였다
걷는 걸음마다 신비가 묻어났다
조용히 그 뒤를 숨죽여 따랐다
행여 들킬세라 조심조심 고개 숙여
밤바람을 갈랐다

어디선가 하늬바람이 신발을
감싸 올랐다
뛰어가 잡을까 무엇을 물어볼까
망설이든 찰나였다
아마도 언젠가 놓쳐버린
사랑스런 그 여인의 신발이 아니었겠나

사랑은 마음속에 웅크리고
응어리진
마음은 어둠에 녹아 납덩이처럼 단단한
불타는 열정이 되어 내안에
휘몰아친다

그렇게 세월은 가고 밤이 지나고
또 하루가 오면
놓쳐버린 신발이 아닌 발자취를
찾아
무한의 역량을 모아 이 세상 끝까지
달려간다 그래서 또 밤을 기다린다.

세월은 구름과 바람과 함께

구름은 흘러 흩어지고
바람은 흔적을 남기지 않으니
그들이 어디에서 오고
어디로 갔는지
구름과 바람만이 알 것이니

세월의 흔적도 살아온
자만이
그 궤적을 알 것임에
치하와 자탄도 그에 묶이고
환희와 번뇌도 그의 가슴에
응어리지리라

인생 황혼의 길목에서
무거운 짐일랑 모두
훌훌 털어 버리고
운명이 쥐어준 그날까지
혼신의 힘을 모아
오늘의 할 수 있는 일을
다 함이 참이 아니던가

우리네 벗님들 매순간에
무엇을 하고 놓든지
남은 날은 소중한 것이니
한시도 잊음이 없이
그날의 의연함을 잊지 말고 굳세게
남아있는 세상에
아름답게 보여 줌이 어떠한가.

연포탕

뻘 고향 이었던가
생각에 잠긴 낙지
한바탕 꿈틀거림에
밥상은 들썩 거리고

오랜만에 오붓이 마주앉은
벗들은
온몸을 던지며 연포탕으로
변신하여
보양에 헌신하는 갸륵한
정성을 맛 본다

언제 부터인가 사람들은
자기들의 생명이 제일이고
다른 것들은
희생의 굴레 속에 가두었고

천둥 번개 소나기 장독을
때릴 때
한마음 굳게 먹고 사슬을 푸니
자유가 이런 건가 소리쳐 운다

먹물을 한 껏 뱉아 내고
알을 잔득 밴 대머리를
사랑스레 쓸어 담고
그들은 긴 강을 거슬러 올라간다.

정

찬바람 꽃샘인가 호수 위
스칠 적
물결은 잔잔히
곤히 잠든 향기로운 님들을
어루만지고

날마다 더해가는 백발은
우리의 정표 일진데
한 올이 소중하고 아끼고
성스러이
모시고 보듬을 제

반백년 넘어 다져온 라일락의
우정은 익고 익어 터질듯이
부풀어 있고
손과 발과 머리 온몸으로
받아내는 정은 가이 없네.

산허리 돌아

몇 구비 였던가
구부러져 가는 허리 부여안고
절벽이 있었던 가
그날도 바람이 불었던 가

곱고 믿음직한 님을
업었던 가 안았던 가
황토길이 있었던 가 자갈밭이었던 가
그래도 우린 걷고 뛰고 때론
날았던 가

이제 그 길은 뒤 돌아 봄이 없이
확 트이어진 불멸의 낙조를
쫓아
마지막 안락한 삶의 고리를
언젠가의 그날 까지 고이 이어 본다

별이 쏟아진다 너에게도 나에게도
산허리 감아 본다
어련하게 세상의 굴절을
이겨낸
승리의 주역답게.

그리움

밤을 잊었던가 창밖의
가로엔
끝없는 차량의 질주
무엇에 그리 바쁘고 얽매이어
그늘을 얹고 살고 있었었나

밤바람에 가려 흩어진
뜬 구름 사이
숨겨둔 인생 훈장들이
고개를 내밀어
그날의 서러움과 환희를 가름하고

머지않아 찾아들 이별 곡은
너와 나의 잠겨 지고 버려진
파노라마의 서곡일진데
힘들고 모진 세월은 늘 함께하고
못 다한
그리움으로 뭉쳐 던져 버리리.

밤을 잊은 그대

햇살은 심술궂다
구름에 가려 뜨거운 숨결을
뜻대로
토해내지 못하는 가
하면

쨍쨍한 날 초목을 들볶아
그늘마저 힘들게 하고
주변에 얼쩡대는
광대들마저 비지땀에
혼쭐나게 하고

그러다가 어둠이 내리고
만물이 숨을 죽일 때
언저리 모롱이에서 하루를
마감하는 중생들의 숨결마저
일정치 못하니

희미해진 서울 밤의 별 그늘이나마
붙들어 동여매고
이 한밤 잃어버릴 새라

이고지고 부둥켜안고
또 다른 밤을 다시 그리워한다.

밤사이

고향집 추녀 끝에 박꽃이 하얀
속내를 드러내었나
개울에 여뀌 풀어 송사리 꾸구리
몰아
꼬치에 꿰었던 가

돌무더기 화톳불에 익어가는
비린내에 저마다 기대에
부풀 때
한줄기 소낙비는 우리 꼬맹이들의
꿈을 앗아가
버리고

안타까움에 아이들의 옷자락을
잡고
허망해 하늘을 보니
어느새 파란 하늘이 먹구름 속에서
우리를 웃겨 내어
볼멘 기운에 몸부림치니
한밤 곤한 잠속에 스러진
꿈속이었네

그날은 언제나 그리운 것
너와 내가 아직도 이루지 못한
환영과 아름다운 꽃 그림을
곱고도 곱게 그리며
그 옛날 고향집 같은 마당에
객고의 한스러움을 내려놓은
죽마의
귀환을 밤새워 가며 축복하고
이 밤 사이사이 더 꿈꾸기를 기대해 본다.

해질녘

구름을 한껏 이고 가는 그대여
아침나절
못 다한 어제의 밭고랑 풀뿌리
아직인가
평생을 일구어도 그 끝이
보이지 않는 수많은 날들 속에서

아쉬움 털어내려 크게 심호흡
하면서
잊지 못할 그때 그 시절의
못 다한 풋 사랑도 그리움과 함께
저물어 가고

어깨동무 하든 친구들 품속에
다 풀지 못한 우정도
너그러움도
쪽지 한 장에 숨겨 그려내어
해질녘 어스름 속에 소리 없이
날려 보내노니
아 ! 이것이 인생의 그으름인가.

4부

삶의 여정 4

시절

뜨거웠던 가 그달이나 이달이나
산야에 드리워진 싱싱한 초목
사이
기다렸든가 꾸었든가
터지는 포성 아무도 모르는
벼락 이었던가

세월에 녹아든 절망과 절규는
아직도 뇌리에 박혀
벗어나지 못하고 인고와 배움의
결실이 이 산하에 풍요로움을
안기지만

지금도 잃어버리고 빼앗은
풍요와
자유로움을 움켜쥐고
짓밟는 이리 떼 같은 무리들이
선부른 장단에 제멋에 겨울 때

우리네 사랑스런 동무들이
힘들어하고 이 풍요를 만끽하지

못함은
이 시대 우리의 슬프고도 괴로운
변주곡인가 하노라.

불청객

별일 없는지 궁금한 그네의 일상
언제나 못 잊어 꿈속에서 그리는
인생의 그림자여
혼자 못가고 불청객을 달고 가는 가

뿌리쳐 쫓아보지만 뒤 돌아 보면
붙어있는
알다가도 모를 그들을 언제나
떠나보낼 수 있을까

그래도 힘내어 발 붙지 못하게
오늘도 내일도 뛰고 달린다
구비 구비 따라 붙어오는 어지러움을
버리고 또 버린다.

행주산성

산성 선조들의 힘이 모여 둘레를
이루었고
몇 백 년 몇 천 년의 발자국 소리
귀 기울려 들어 본다

때론 우리네끼리 한때는
이민족과
피 끓는 다툼의 세월을 이겨내고
견뎌온 산성
지금은 그 흔적의 일부만 남아
있고

이제는 살만해진 후손들이
머리 식히고
땀 닦으며
지혜를 얻고 정신과 육체의
강건함을 찾아 걸음을 멈춘다.

절개

시절이 하 수상하니 올동 말동
하여라
세월은 수백갑절 변하여
천지개벽 같건만
인심은 이 세상에서도 하 수상하니

무엇을 감추고 무엇을 얻으려
하는 가
사람은 만물의 영장이라 그런 가
내게 주어진 그만큼만 가지면
안 되는지
더 챙기고 더 지배하려
내 것 외에 또 가지고 남을 불편하게
하는 가

무소유가 최대의 미덕이라 할 수는
없겠지만
내아래 묶어두고 내 뜻에 움직이고
이리 저리 생각을 유린하여
상식과 순리대로 살지 못하게 하는

그런 부류가 작금의 세월
흐리게 하니
조그만 이득에 이끌려 원칙을
저버린
소인배 그들의 존재가 우리를 다수를
불편하고 어렵게 하니 통탄해 마지
못하네.

바람

바람은 어디서 와서 어디로
갈까
바람은 그 많은 종류만큼이나
우리에게 살며시 억세게 다가온다
강가엔 강바람 산엔 산바람
골짜기 휘몰아치는 골바람
선거철 횡횡하는 선거바람

봄엔 꽃바람 가을엔 소슬바람
폭풍우 몰아오는 태풍
겨울철엔 눈보라
여인네 치마 자락 휘날리는
치마 바람
솔향기 나르는 솔바람
사람의 자리 나누는 인사바람

우리는 언제나 바람을 맞으며
살고 있다
자신과 이웃에게 이롭고 덕이
넘치는 바람이 되기를
바라면서

공정하고 정의롭고 자유롭게
태평하게하고
어려움이 없고 즐거움이 넘치는
그런 세상을 감싸주는
그 바람을 우리는 기대하고
기다리며 살고
만들어야 하지 않은가.

복날

장닭이 홰를치니 암탉이 알을
까고
한밤에 동네 개들이 짖어대니
도둑이 제 발 저리 네

남의 외밭에 갈 때는 신발을
고쳐 신지 않고
오얏나무 아래에서는 갓을
고쳐 쓰지 않는다고 했다

장마와 더위 모두 한여름 우리를
괴롭히는 장본인이고
그래도 이겨내야 하는 숙명이
사람을 가두고 있고

독불장군 제멋에 겨워 힘자랑하고
파당 독식했다고 끼리끼리
모여
안하무인이네

힘들여 세월 한탄 하지 말고
바로 잡을려는 마음 한데 모아
어김없이 찾아오는 복날
슬기롭게 넘김은 어떠하리.

9월

바람을 이고 햇빛 등지고
푸르름을 끌어안은 풀잎 나뭇잎
폭풍우에 달구어지고
한 시절 꿋꿋이 버티어 왔네

설익은 열매 속살 채우려고
갈무리한 기운 모두 쏟아내고
새로운 색깔 기다리며
기 히 익힌 솜씨 아름다움에 바친다

가깝고 먼 친우 세월의 변천에도
아낌없이 내어주며
한 몸 바치는 이파리 마냥
우리네 정념도
늘 그리는 벗들의 안부와 함께하여

구월의 자락에 묻어 스러짐 없이
이쁜 심신 단장함도 어찌 즐겁지
않으리오
물올라 살찌는 열매 한우리
포옹하면서.

가을이 올 것이니

더위에 지친 심신을 달래며
우리들은 8월을 보내고
삶의 고삐를 더욱 세차게 잡아
올려야 하지 않는 가

잠을 잊은 채 목청껏 울어 대던
매미도
7년의 긴 동면에 들어가고
아침저녁 찬이슬이 맺힐 때면
온갖 이름의 풀벌레가 세상을
차지하고

염천과 폭우를 이겨낸 벌레들은
9월의 황금시기를 행여
놓칠까봐
더욱 열심히 갈고 닦겠지

소슬바람이 옷깃을 스칠 때
우리는 세상이 주는 귀한 인내와
고난을 참고 뿌리치는 힘을 비축하여
괜스레 바빠지는 이내 마음

가이없이 보듬으며

뜨겁게 사라지는 8월을 보낸다.

벌집

숱한 일벌
분주히 드나들고
안방 깊숙이 자리한
여왕벌

도도히 방을 사수하고
무수한 숫벌
거느린 즐거움에
낮잠 느긋하고

꿀 챙기러 온
벌통 주인
밥도둑에 화난 벌
떼 서리로 덤비네

철저한 분업 속에
게으름이 없이 제할 일
찾아하니 공동체 삶에
으뜸이라

제 밥그릇에 여염이 없는
인간들은 부끄러워
해야 할 것이니
스승이 따로 없구나.

파란하늘 파란마음

장마가 있고 뜨거웠던 가
갈잎을 쓰고 비바람을 피하고
약하고 약한 인간세상은
그 그늘에서 벗어 날 수 없고

기다리고 갈망한 것이 얼마인가
모습을 드러낸 푸르디푸른 하늘
덤벙 그 속에 뒹굴고 싶고
한 아름 껴안고 젊어지고 싶구나

마음은 저 파란하늘처럼
청춘이건만
세월을 비켜 못간 이 한 몸은
저물어 가고 있으니

그간에 못한 정성과 배려 한우리
보다듬고
알건 모르건 찾건 찾지 아니하건
모두에게
흩뿌려 안겨 줌은 어떠하리

세월이 더 가고 백설이 더 덮기 전
파란하늘 만큼 곱고 참된
마음과 거름이
이 세상 곳곳에 자리하게 함을
남은 인생에 크나큰 보람과 유산으로
남겨 봄은 어떠할른지.

산성의 솔향기

시원하고 또 시원했다
그 바람 맞으려
걸음도 제대로 못 가누는
몸

솔잎 떨어져 편안한 자리
찾으려 두어 걸음 걸을 때
솔뿌리에 미끄러지니
벼랑에 굴러 구르다가

수백 년 노송이 안아주어
크게 다침을 면했건만
팔뚝에 찢어진 상처는 중병에
시달리는 이 몸 더욱 서럽게
하는구나.

벌 떼

아이는 뛰었다
잘 못 밟은 구멍 때문에
뒤통수를 쏘이며
먹구름이 오는가 싶더니만
쏟아지는 소낙비 속에
가두어졌다

날개 소리 요란하게 떼 서리로
덤비는 기세에 속수무책이다
나무 막대기 같은 것으로는
어림도 없다

너를 알고 나를 알 때
유비무환이다
대책이 없을 때는
납작 엎드림도
효과가 있을지 모른다

사람은 생각하는 갈대라 했다
신사도와 자존심은 인간의
모습을 그리게 한다

벌 떼에 쫓기든 아이도 어른이 될 때
세상 이치와 도리를 알게
되리라.

벽돌 삶을 품은 벽돌 1

강물이 흐른다 내리꽂히는 햇빛을
등지며
그 언저리 수많은 모래알
퍼 올려 진다
어디로 갈지 알지도 못하면서
꼬리치든 버들치 휘감기는 물길에
속절없든 돌멩이들
그들의 절절한 사연과 생존의 법칙을 뒤로한 채

굉음이 울리면서 레미콘은 돌아 간다
저 높은 석산 심신을 다하는 채석 공
불 지피는 화부
뜨거운 열기 분진 땀방울 안쪽 깊숙이
숨겨진 이야기 숱한 가락
더 높은 삶의 질을 기리는 염원을 안고
가루되어 섞여지는 석회
온갖 건축 시설 구조물의 기초가 되는
꿈을 간직하고 변신되는 벽돌

속삭이는 미풍에 맞대는 머리
실려 가는 벽돌 그 속에 담겨진 수많은 정념들

폭풍우에 떠밀리는 갈등과 증오
고단한 삶
깜깜 어둠속 한 줄기 여명 휘어잡아
꼬아내는 엿가락처럼
달콤하고 그윽하고 진한 내음
한 아름 그득히 끌어안고
말없이 저 언덕을 넘어 선다.

벽돌 삶을 품은 벽돌 2

주춧돌도 되고 바람벽도 되고
격파의 도구도 되고
수없이 오가는 이들의 발받침도 되고
고층빌딩 아담한 주택 번잡한 상가
수많은 생의 보금자리
옹골차고 탄탄한 터전이 되고
벗이 되고 뒷배가 된다

벽돌은 오늘도 듣고 품는다
등짐의 애환 엮어지는 골조
철근공의 간절함
건설과 생활 현장에서 엮어지는
갖가지 인간사 희로애락
말하고 노래하고 어루만진다

아픔도 슬픔도 괴로움도 즐거움도
소프라노로 바리톤으로 순하게도
때로는 거칠게도
들리는 자 들리지 않는 자
아는 자 모르는 자 행하는 자
행하지 아니하는 자

수많은 사람들이
뒤섞이고 얽히며 살아 간다
헤아리며 기다린다
벽돌이 간직한 진정한 참의 소리를
듣고 알고 새기고 행하기를.

메밀전병

백 소금 흩뿌린 것 같은
메밀 밭
메밀은 내 고향 메밀막국수의 주인이 되고
셰프의 솜씨에 따라
변신에 변신이 거듭 된다

전병으로 태어난 놈은 막걸리를
주무르고
막국수로 탄생한 놈은
소주에 올라타네

이름난 손 맵시로 차려진 보쌈은
아가씨 볼에 달라붙고
그 맛에 놀란 총각은
정신을 가다듬고 다음을 또 기약 한다

이곳에 맛 쟁이 벗이 있어
나도 한 몫 끼니
가빈들 줄줄이 따라 오네
여기야 말로 맛의 죽마고우가
아니겠는가.

월급통장 1

통장이 비었다
약속된 날짜에 들어와 있어야 할
월급은 보이지 않고
아직도 감감 무소식
전화를 해 볼까
문자를 보내 볼까 조금 더 기다려 볼까
망설여 진다

꽃잎이 진다
매화 살구 벚꽃 이봄을
울긋불긋 물들이고
단단하고 알 찬 새 씨앗을
잉태하고
꽃잎은 진다

새벽 같이 일어나 달리든
어렵사리 얻어지고
알찬 열매가 익어가듯
공들인 삶의 터전인 일터
깜깜한 창공
떨어지는 유성처럼

어느 날 문 닫고 소문도 없이
사라지고.

월급통장 2

어찌 할거나 어찌 할거나
새 씨앗이
여물기도 전에
꽃잎도 채 마르기 전에
새로운 나뭇가지를 찾아
또 다른 둥지를 틀어야 하나

아픔과 어려움은 언제 어디서나
있는 것
그래도 채울 건 채워야지
샘이 마르면
이웃의 샘에서라도 물 길러
목을 축이고 가슴을 적셔야
하지 않는 가

기다린다 단비가 내려
바싹 마른 대지를 흠뻑 적시고
새싹 돋아나듯
요란한 기계소리에 숨이 막힐 듯
힘든 일을 할지라도
그 누구도 잊지 못하고
따박따박 넣어주는 월급통장 이기를.

여백

그린다 그림을 유화도 수채화도
산수화도
색상에 따라 수백 가지 빛깔이
난다

무엇을 그릴까 인생 여정을 그릴까
삶의 여유와 향기를 넣을까
부질없다는 생각에 붓을 놓을까

그래도 화폭은 채워야 하지 않을까
세월의 주름을 인생의 노래를
가득히 살아 숨 쉴 수 있도록

남은 인생의 여백은 아직은 많은데
허지만
그 여백 다 채울 수 있겠나

아쉬워하지 말고 할 수 있는 일
남길 수 있는 일 모두 채워 보고
채우지 못한 여백일랑 아름답게
남겨 두련다.

연두 시

을미 원단

세찬 북풍 휘몰아친 뒤안길에
한해의 자락이 못내 아쉬움을 남기고
다가온 한해는
또 어떨 런지

석벽에 걸린 둥지 마냥
어찔하지는 않을 런지
모두 삼보 일 배하는
염원으로 더욱 강건해지길
기리는 마음에서

풍성하고 단아한 그대
언제나 제 자리에서 굳건히 자리하고
꼿꼿한 허리춤 바라볼 때엔

아 – 아직은 쓸 만 하다는 생각에
다행스러운 미소 지으며
아픔 없는 한해가 되리리라
여기는 이 내 마음 뿌듯하고도 꽉 찬
뜨거운 날들을 기다리며

유유히 흘러가는 거울 같은 한강
그 속에 드리워진
그림 같은 성산대교 난간을
바라보면서.

을미 중추

휘영청 달그림자
온 누리에 가득히 드리우고
풀벌레
고요한 적막을 깨뜨릴 제
온갖 사연을 머금은 숱한
생의 가락들이 서로 엉켜
한 마당을 이루고

애써 가꾸어 온 풍성한 결실들을
바라보면서
그래도 모자란 듯 하는 빈 구석을
채우고자 염원하는
을미 중추의 밤은 깊어가고
못내 허전했던 이내 마음도
넘칠 듯
차오르는 감동에 잠기고

언제나 그랬듯 가까이도 멀리도
아닌
정념 속에서
함께 어우러진 즐거움에 젖으며

더욱 다져가는

강건함과 열락을 꿈꾸며

벽계수 그늘을

벗 삼아 느긋한 삶을 찬미하리.

새해 여명을 반기며

밤바람 스쳐간 그 곳에
내님의
영글어진 그윽한 향기
짙게 머물러 있고

숨 가쁘게 때론 느긋하게
달려온 숱한
세월과 사연들 속절없이 뒤안길에
묻히고

그래도 이만큼 다가오는
새 아침의 빛나는 여명을
따뜻이 아픔 없이 볼 수 있음은
오늘을 사는 우리네 중생들의
작으마하나 단단하고
진한 축복일 진데

화과산 천도를 기리는
뜨거운 정열은
병신 새해에도 변함없으리라
믿으며

너와 나 우리 모두
교통과 어우러짐이
날로 더해질 것을 꿈꾸며
찬란한 축배의 잔을
드높이리.

정유 새벽

새벽 닭 홰치는 소리
온 누리에 퍼지고
여명이 삼라만상에 내려앉을 때
고산준령의 구비마다
엇갈린 삶의 굴곡들이 스러져 가고

더 나은 오늘의 세상살이
기다리는 중생들의 맘속에는
새로운 희망을 키우고 거두는
간절한 소망과 열정이 움트고
함께하고 용솟음 칠 제

이 정유 또 한해는 만 겹의
희로애락 일지라도
만사형통의 도리와 순리 진실이
우선하고 함께하는 곱디고운
새해의 날들이기를 기리며.

정유 또 한 해 저물고

정유 그믐 해는
더욱 붉게 타오르는
여운을 남기며 서산 너머로
자취를 감추었고

불타는 노을 그 속으로
올 한해
만족함도 즐거움도 아픔도 성남도
힘듬도 슬픔도 그 모든 것을
품어 안고 사라졌고

어둠에 젖어든 산하는
무술 새해의 여명을
기다리며
삼라만상의 태평을 꿈꾸고

이 밤이 지나
새해 첫해가 솟아오를 때
올 한해 다사다난한 그 모두를
잊고

모두에게 새 희망과
새로운 힘과 재생의
뜨겁고 열정에 가득 찬 환희가
함께 하기를 기리며

우리 모두 겸허한 자태와 심정을
가득 모아
신선하고 참신하고 숭고한
송구영신을 맞음이
어떠하리.

기해 새해에는

동녘에 훤한 기운이 서리고 땅거미가
사라질 때
늘 똑 같은 새벽이건만 오늘은 특별한
날

무술 한해의 세상만사를 미련 없이 보내고
신선한 바람에 실어 새 삶이 동아리 틀기를
고대하며 천지신명이 함께 하기를 우리는
기다린다

올 것이다 반드시 좋은 날들 더욱 좋은 날들이
올 것이라고 서로가 공감하고 믿으며
동트는 새 새벽정기에 올라 벅찬 가슴을 열고
또 한해를 맞는다

힘든 이 아픈 이 괴로운 이 행복한 이 모두들
저 힘차고 열정 가득한 영기에 힘입어 반드시
기해년 좋은 한해일 것이라 굳게 믿는다

용서와 화해 희망과 성취 이 모두가 융합되어
찡그린 얼굴과 성난 얼굴이 아닌 환한 미소에

덩실덩실 얼싸안는 그런 기해년이 되기를
소원하며 새해를 맞는다

사람과 하늘과 땅의 참 기력이 내안의 우주
삼라만상에 뻗치기를 또 그렇게 되리라
모든 힘을 다하는 그래서 찬란한 광명이
온 누리에 가득하기를 기리며 새해를 맞는다.

경자 새해를 열며

기해의 등성에 올라 쉼 없이
달려온 한 해
만사형통을 꿈꾸며 대자연의
품속에서 고뇌와 번뇌를 몰아내며
안식의 염원을 찾던 이해도
넘어가는 석양의 황홀한 노을과 함께
역사의 뒤안으로 사라지고

동트면 떠오를 경자의 첫날
새롭고 활기차고 성스러운 기운을
온 정성을 다하여 깊숙이 품어 안고
더 바삐 더 분주히
나약한
우리네 심신을 단단히 동여매는
의지를 굳건히 하며

미지의 또 다른 한 해 이지만
아픔 없고 슬픈 이 없고 억울함이
없는
그런 나날들이 서생원의 부지런한
생동에 힘입어 곱디곱고 찬란한

새해의 울타리를
더욱 공고히 하올지니라.